HAGGIS RULES!

SCOTTISH HUMOUR IN VERSE

●●●●●●●

Ian Craig Murray Myers

HAGGIS RULES!

Copyright © 2017 Ian Craig Murray Myers.

ISBN: 978-0-9995340-2-1

Published by Haggistalk.com
2017

First Edition

Cartoons by Scott Relth.

Cover design by the Author.

THIS COLLECTION OF POEMS IS DEDICATED TO THE IMMORTAL
MEMORY OF ROBERT BURNS AND TO SCOTS AROUND THE WORLD
WHO REVERE HIS SONGS, POEMS AND NATURAL GENIUS.

CONTENTS

INTRODUCTION

A brief insight as to the Why and How of this book:

Why?

Because I believe the majority of everyday folk who like to read poetry prefer the time honoured, rhyming stanza style.

I refer to "everyday folk" here as the hard working, honest-tae-guidness, peace loving but "dinna meddle wi' me" type of men and women who don't depend entirely on the telly for entertainment.

Especially so for those Scots at home and those striving and thriving all over the world as ex-patriates and their descendants, and the undeniably ubiquitous Scotophiles.

In short, these are the folk for whom I like to write.

How?

Since I hail from Renfrew, a short tram ride from Glasgow, I think, speak and write in that tongue.

I know it can sometimes be rather wersh but is certainly colourful, expressive, and in my opinion, relatively easy to read and recite.

I can and do salt the mix with words that help maintain the flow, whether they are broad Scots, Glaswegian or standard English.

That said, I offer verse which is nothing if not rhythmic, funny and unabashed Glesca.

As Duke Ellington put it: "If it don't have that swing, it don't mean a thing."

Although writing in various styles, my own preference is for the lyrical, conversational Burns/Habbie/Scottish Standard stanza form.

I do tweak it on occasion.

I sincerely hope that readers derive as much pleasure from my verses as I have from those of Robert Burns.

His poems and songs reveal more beauty and poetic genius each time I read them.

ROBERT BURNS

25th January, 1759 – 21st July, 1796

"Fair fa' your honest, sonsie face,
Great Chieftain o' the puddin–race!"

HAGGIS RULES!

PART ONE

Any resemblance to the broad Scottish dialect spoken and usually written by Robert Burns is entirely intentional.

The poems listed below are aimed at entertaining Robert Burns enthusiasts after, but never during the traditional formalities of a Burns Night Celebration.

Why? Because no one can ever compete with The National Bard of Scotland, and it is considered somewhat tacky to even try.

POEMS

HAGGIS U.S.A.
BEWARE THE BURNS NIGHT WINDBAGS!
A TOAST TAE THE LASSIES
EX-PAT NUMPTY!
DEAR RABBIE:
HAIL TAE THE CHIEF!
TAE A TENPENNY NAIL
BURNS NIGHT RANDAN

HAGGIS U.S.A.

The place was California
in the month of January;
The date was Five and Twenty
and the Scots were fou and merry!

This special nicht was gaun as planned,
the Bill of Fare delicious;
Noo cam the time for a' tae stand
and welcome in the Haggis:

In marched the Piper then the Chef
wha held the platter bearin'
"Great Chieftain o' the Puddin'-race!"
oor proud and halesome farin.

The Chairman introduced his guest
wha claimed that he'd addressed
The Haggis many times before
with excellent success:

He spoke the first twa verses fine
wi' practiced voice inflection
Till "Cut ye up wi' ready slight"
Then he went intae action:

The knife he raised wi' knuckles white
high owre the Puddin's navel,
Then brocht it doon wi' unco might
and speared it tae the table.

Yon Haggis shuddered at the blow,
the plate it sat on shattered;
The Speaker's hielan' dress sae braw
wi' reekin' entrails splattered.

Transfixed, the company juist sat,
amazedly beholding
The spectacle and drama
that before them was unfolding:

The culprit's face turned scarlet as
he realized his blunder;
Fair mesmerized he boggled at
the Beastie rent asunder.

That feckless chiel looked quite absurd
still hunched across the table,
Still quoting Rabbie word for word
in ane continuous babble.

His tremblin' hauns the knife still clutched
sae ticht the Puddin' quivered;
His nose, gey close, inhaled each gust
thon hurdies still delivered.

Inhalin' reek, exhalin' rhyme
till he began tae stagger,
Oor hero then judged it was time
tae extricate the dagger.

He pu'ed and strained, he huffed and puffed,
his rear reciprocating,
Juist like the auld steam engine chuffed
or dug intent on mating.

Wi' every pu' the Puddin' blew
anither fragrant puffer
Whiles muckle wide the puddle grew
a' owre the table cover.

At last wi' ane almighty jerk
the blade was liberated;
The Haggis loupet as the dirk
frae it was separated.

Ane end fell danglin' owre the edge
suspended by the ither
Which through the leakin', reekin' mince
began its wey tae slither.

He breenged tae catch the dreepin' Pud
in frantic desperation
But slid upon some juicy crud:
Oh! Sich humiliation.

The wey he landed on his erse
was slapstick, pure and classic;
It was a blessing that gowk wore
his trews tied wi' elastic.

His frazzled heid began tae swim
as doom on him descended:
I wondered if a fate sae grim
was e'er sae weel attended!

As if on cue the Chef appeared
tae salvage his creation;
In nick o' time he saved yon loon
frae further tribulation.

He stuffed the errant innards back
inside that vengefu' haggis
Then scooped the mince wi' spoon and fork
intae some plastic baggies.

The Speaker slobbered tae his feet,
an abject, tragic figure;
The Chef juist watched and shook his heid
but then began tae snigger.

The retribution dealt that chiel
his anger had transcended
And soon the crowd hee—hawed as weel
as mirth the tension ended.

Thus true poetic justice served
that haggis mutilator:
Remember this, if someday YOU
intend t'address the Cratur!

BEWARE THE BURNS NIGHT WINDBAGS!

On Robert Burns there's much been said
         By pseudo intellects,
Their words aye crammed wi' syllables,
         The listener tae perplex.

By those wha'd prattle on at length
         And tell ye naethin' new
Or tell ye something Burns could say
         In juist a line or two.

Then there's the would-be Burnsophile
         Wha really wastes your time,
Wha kens the words but never gave
         Ae thought tae naught but rhyme.

In Burns' day, the same windbags
         Would Rabbie adulate:
'Twas measure o' his greatness that
         They failed to turn his head.

That he survived the windbags' guff,
         His Giftie still intact
Was tribute tae the rarer stuff
         Of mighty intellect.

So, tak your lessons straight frae him
Wha's birth ye celebrate,
Then Rabbie's wheat frae windbag chaff
Ye'll learn tae separate.

"O wad some Pow'r the giftie gie us
To see oursels as ithers see us!"

A TOAST TAE THE LASSIES

Consider the girls
In skirts, pants or frills,
Sae gentle, sae kind
Till they change their minds.

They'll check ev'ry shop
And shop till they drop;
They'll no' take a break
Even though their feet ache.

And if there's a sale
They're certain that they'll
Spend faur less than they've
Been able tae save.

They aye want tae yap
When men want a nap
Or wake them tae blether
On washin' day weather.

Quite willin' tae please,
They'll put you at ease
And tell you "A'right,
Tonight is YOUR night!"

Then a barb like a dart
Flies straight at your heart:
"Oh honey, Oh sugar"
Turns tae "Aff, ye big booger!"

They'll tend tae the weans,
Keep them dry when it rains;
Wipe their bum or their nose,
Nae matter how gross.

And when they are bad
They'll skelp them then add:
"Juist wait!" they'll exclaim:
"Till your faither comes hame."

And when he comes hame
He gets a' the blame
For bein' at work while
they're acting up.

• • • • •

I've never yet seen
A prettier sight,
Juist lookin' aroon
Gi'es me unco delight.

And I shairly ken
That Rabbie, oor Bard
Wad write them a poem,
Their luve tae reward.

So Gentlemen, Please,
Now raise up your glasses,
It's oor honour tae toast
These wonderful lassies!

EX—PAT NUMPTY!

I hae a guid freen
On whom I can lean
Whenever I need any money,
But noo and again
He gies me a pain
For he can be sich a big phony.

Afore he left hame
He seldom would claim
Tae be proud o' his family tree,
But noo he affects
An air that reflects
His grandiose Clan pedigree!

Now here in The States
He proudly relates
Tae American fans o' the Scots;
A Chieftain is he
By ancient decree
Wi' privilege and honour, of sorts.

On ev'ry Burns Night
My freen becomes quite
A Dignit'ry all of a sudden;
As he marches by
Wi' Haggis held high
I wonder, juist which ane's the Puddin'?

DEAR RABBIE:

Dear Mister Burns, can you condone
My puir attempt tae write a poem?
My words are short and scant o' style,
My rhyme and metre, puerile.

My fondest wish, as you can tell
Is that I'll learn tae express mysel',
Tae pen a thocht, tae share the guid
Wi' folk wha'll tak the time tae read.

Your songs and poems, sae lyrical,
Sae powerful, satirical;
They speak o' things sae dear tae me
I'd swear ye wrote them juist for me.

Since I've admired ye a' my days
And sense thy inmaist thochts and ways
Daur I tae hope that magic'ly,
Your Giftie micht rub aff on me?

Ian Craig Murray Myers

HAIL TAE THE CHIEF!

The Chief o' the Clan,
A weel endowed man
Wears his kilt wi' nae trews underneath;
When he birls aroon
The lassies a' swoon
And the laddies start grittin' their teeth.

His wifie's a lass
Wha shows she has class
By suppressin' a burp wi' her fist;
But I caught her ance,
Purely by chance
Coyly wipin' her nose wi' her wrist.

This toffee-nosed pair
Wi' grandiose air,
Say that drinking and dancing are sins,
But sneak her a shandy,
Him a wee brandy,
They'll be wheechin' till daylight begins!

Ian Craig Murray Myers

TAE A TENPENNY NAIL

Ye're juist a nail I'm weel aware,
Picked oot a bin frae hundreds mair;
I needed you tae mend a chair
    But noo I ask:
How could I ever use ye for
    Sae dull a task?

Sae smooth and bricht wi' siller sheen
That gleams and sparkles in the sun,
A sleeker shape I've never seen,
    Sae straight and true;
I'll ne'er believe a mere machine
    Created you.

The perfect balance o' thy form,
The wey ye nestle in my haun;
Could I in luve wi' you be fa'in?
    If this be true
Yon job can wait for I'll be gaun
    Tae buy some glue!

BURNS NIGHT RANDAN

Wi' Burns's poems loud and clear
Resoundin' in ye'r Scottish ear
Ye hae the perfect atmosphere
     Tae welcome in the Haggis
And prime the folk a' gethered here
     Tae honour Rabbie's genius.

The fare wi' Rabbie's Grace wis blessed
Then Bill McClint, the Yankee guest
Noo maks The Haggis' grand address
     Tae some effect,
But folk are no' the least impressed
     Wi' Billy's dialect.

Afore I follow up that verse
I feel compelled tae first confess
My envy o' Burns' naughtiness
     Wi' a' these queans
Wha luved their Rabbie nane the less
     For makin' weans.

The Bill of Fare, yon Chef's creation
Is swalt wi' gumsie mastication
And alcoholic lubrication
　　　As sangs and toasts
Are a' accorded loud ovation,
　　　As are oor hosts.

Chasin' doon their Scotch wi' Brandy
Some tipsy lads get unco randy;
I weesht a camera wis handy
　　　Tae catch them plootered
Whilst trollin' for some houghmagandie,
　　　Though lang syne neutered.

HAGGIS RULES!

PART TWO

Poems cover a range of subjects from bagpipes to beetles sharing observations, experiences and ideas.

Mostly lighthearted, but sprinkled with several serious or thought provoking sentiments like "My Reality" or "Rabbie's Dilemma".

These verses continue the main theme, namely Mither Scotland and her bairns:

POEMS

I HAE AN URGE!

HAPPY BIRTHDAY MAGGIE!

ODE TO THE GREAT HIGHLAND BAGPIPES

MY REALITY

SUGAR AND SPICE?

THE GUID AULD DAYS

NINETEEN EIGHTY-TWO

ROMEO AND JULIA

I WONDER!

I HAE AN URGE!

I hae an urge tae write some verse
Wi' words that rhyme, mair or less;
Or epic poem which would convince
    The Powers that be
That Man, in lieu o' war prefers
    Posterity.

I hae an urge tae pen a piece
Abundant wi' profundities,
Sae crammed wi' ambiguities
    'Twad shairly be
Tae umpteen wise philosophies,
    The vital key.

I hae an urge tae satirise
Yon Shylocks wha capitalise
On ilka honest man wha tries
    Tae clear his debts,
On thieves wha'd tax e'en his demise;
    The I.R.S.

But noo I'm urged tae clear the air:
These lofty thoughts wi' you I share
Are based on hope, no' bleak despair
　　　　For humankind;
Juist look; ye'll find guid ev'rywhere,
　　　　Unless ye're blind.

HAPPY BIRTHDAY, MAGGIE!

There are Margos and Megs
A' ower the place,
There are Margarets and Margies forbye;
Maist o' them winsome
O' figure and face
But nane quite like Maggie Milngavie.

There are young yins and auld yins
And some in between,
There are big yins and wee yins forbye;
Some that are fatties
And some that are lean
But nane like wee Maggie Milngavie.

Oh Maggie, Dear Maggie,
Ye're silver and gold,
A jewel, and nane can deny
When The Guid Lord made you
He broke up the mould;
Ye're a treasure, sweet Maggie Milngavie.

• • • • •

If ye cannae rhyme Milngavie
Ye require mair Glesca savvy
Or, search the web and verify
That the name's pronounced MULLGUY!

ODE TO THE GREAT HIGHLAND BAGPIPES

In conflicts and war ye're aye at your best,
Your fierce battle cry and bold fearlessness
Allay combat stress wi' soul-stirrin' zest
    In the weariest man
And stirs up the pride sae often suppressed
    O' monie a clan.

Though warlike we ken ye're destined tae be,
Wha's yet heard the skirl of onie strathspey,
Like piped "Hielan' Laddie" or "Bonnie Dundee"
    Wi' feet tacket doon?
And wha'd daur tae smirk at a tearfu' Scots e'e
    At "Auld Lang Syne?"

And whaur's the ubiquitous Scots emigrant
Wha strives and wha thrives on each continent
Wad hear a lone Piper's nostalgic Lament
    And couldna but miss
The heather, the glens, the braes that he kent,
    And ance were a' his?

Or wha'd no' admire the Dancer's spry grace?
The poise and rhythm as she proudly displays
A fluent and comely aspect o' her race
  And never perceived
The flawless foundation o' music and pace
  The Dancer received?

Frae bright joyfu' Skirl tae darkest Lament
Ye're ordained tae be the true instrument,
Oor heritage and stamp tae mankind represent
  A' owre God's Earth;
A constant and gallant superb testament
  Tae Scotia's worth!

MY REALITY

I close my eyes and watch
The sun set o'er the Firth of Clyde
And hear the murmur of the evening tide
As it gently rearranges on the shore
The pebbles it arranged the morn before.

I close my eyes and see
The distant mist enshrouded Ben
Or hear the stillness fill my Lowland Glen
As the radiant moon begins her silent flight
And the gloaming softly yields unto the night.

I close my eyes for then,
Then what I see is what I see
And what I hear is my reality:
This gift from God my captive mind sets free,
Transporting me to where I'd rather be.

SUGAR AND SPICE?

The sun was warm,
The summer breeze
Caressed her shining hair
As she kneeled down
To gently seize
A flower that blossomed there.

She thread it through
Her golden hair
And fixed it with a bow,
The slender stem
Above her ear,
The petals at her brow.

Pleased with her work
She skipped along;
This young adventurer;
Perhaps a lark
Would sing his song
Especially for her.

She paused and blinked
As children will
Then breathed a girlish sigh
For at her foot,
A miracle,
A gorgeous butterfly!

She kneeled again
Her heartbeat fast,
Then with a stifled gulp
Her trembling hands
The creature grasped
And crushed it to a pulp!

THE GUID AULD DAYS

Sodden raincoats, flannel suits,
Black umbrellas, wellie boots;
Pinstripped troosers held in place
Wi' safety pins, juist in case!

Woollen jumpers, ironed shirts,
Fair Isle jerseys, tartan skirts;
Skippet bunnets menfolk wear
Tae cover up their thinnin' hair.

Women's monthly sewing bees,
Swillin' tea at Kirk soirees,
Margarine on sodie scones,
Currant buns as dry as bones.

Teenage parties, Postman's Knock
And The Grand Old Duke Of York,
Soggy trifle, aipple pie;
Neckin' lassies on the fly.

Sunday morning discipline,
Kilt and sporran, squeaky shin,
Bellows organ wheezing hymns,
Pedaled by arthritic limbs.

Sunday dinners, saying grace,
Roast beef served on cheenie plates,
Mither's warnin': "Tak mair care
Wi' ma heirloom silverware."

• • • • •

Noo, whit's still left I micht be missin'
If I curtail this reminiscin'?

<u>NINETEEN EIGHTY TWO</u>

(A Very Interesting Year)

Papers say we're in a plight;
TV proves the papers right:
Oh, Woe is Me!

Reagan tells us: "all is well!"
Carter sniggers: "Ronnie pal,
You're full of it!"

Ronnie smirks: "You've had your turn
Jimmy, but you didn't learn,
You're out of it!"

• • • • •

Begin starts Israeli squeeze
On P L O; The Lebanese
Get squashed instead.

"That chosen race; vile, greedy band
Don't have the right to steal my land!"
Cries Arafat.

"We'll never quit, we're standing fast,
My lads will fight until the last."
(Of Lebanon?)

• • • • •

Russky's mad: Oh, mercy me!
Hates Polish solidarity;
Up the Poles!

Breznev ails, but still he can
Get up to rape Afghanistan;
Now and again!

Breznev dies, he's in a pickle
'Cos Kruschev waits with red hot sickle;
Good old Nick!

• • • • •

Argentina has the gall
To land its troops on Falkland soil;
They must be loco!

For Maggie T. would call their bluff
And show the world how stern the stuff
Of British pride.

She calls upon her fighting men:
"We're going to war!" Attila the Hen
Rides again!

Prince Andrew goes, all guts and vim
To serve his country and his Mum;
Hip, Hip, Hooray!

But Scottish folk are at the boil:
"Afore We go, gie's back oor oil,
Ye thievin' bitch!"

Right on time came Charlie's Bairn
And that's no' green the laddie's wearin';
King Billy lives again!

On that quaint thought I won't expound
Lest I begin another round
'Twixt Orange and Green!

• • • • •

<u>ROMEO AND JULIA</u>

I showed my love a rainbow,
She fussed about the rain;
I showed my love a mountain,
But she preferred the plain.

I showed my love the sunset
But she was not impressed;
She had to go do something else
At the very earliest.

I gave my love a painting,
Said she "The frame's all wrong."
I wrote my love a poem,
Said she "It's much too long."

I gave my love gold earrings
Thinking "Maybe this will work!"
Thanking me, she murmured: "Darling,
You're such a gallant jerk."

I groaned "You're so contrary"
To this she coyly said:
"Why don't you quit romancing me,
Make love to me instead!"

<u>I WONDER!</u>

An apple tree turns compost into apples
With help from Mother Nature's sun and rain;
An artist creates joy from bits and pieces
That mundane men abandon with disdain.

A child may turn a stick into a scepter
And bless his world of beauty and content
While others stamp and scream for gaudy playthings
To gratify their greedy, selfish bent.

I wonder at this fundamental difference;
Why some are blessed and others merely born;
Why some can live and grow in mind and spirit
While others such attainments only scorn.

TAE AULDER FOLK

D'ye mind that great impediment
Tae Keelie social standing:
The flat inside a tenement
Wi' lavvies on the landing?

D'ye mind if yours, like maist o' them
Lacked onie kind o' licht;
D'ye mind if ye got fearfu' when
The call wad come at nicht?

Noo tho' the stairs were dimly lit
By mantles burnin' gas,
Thon lavs had nae sich benefit
But handy, nane the less.

Did ye tak a caun'le doon wi' ye
And matches, juist in case,
So you could read a comic tae
Dispel ye'r nervousness?

That lavvie door wi' muckle key
And holes for ventilation
Maun heid the list o' things that be
The cause of emigration.

Though noo the lav's departed from
Oor modern architecture
It was, juist like the reekin' lum,
A necessary fixture.

So this I write wi' hopes tae gie
Oor bygone lavat'ry
Its rightfu' place, alang wi' me
In Scottish history.

HER SMILE

Her smile, so warm, so feminine
Set instantly aflame
The dormant embers deep within
My soul, my inmost being.

Her eyes, so deep, so wise and kind
Yet enigmatic, haunt
My sleepless night, my peace of mind;
My sanity they taunt.

Though oft I try to concentrate
My mind on other things,
There's naught I've found can compensate
The void our parting brings.

How aches my heart, words cannot say,
Oh, were it in my power;
A year I'd gladly trade away
To be with her one hour.

MY SEARCH

When I was twenty, Time
Would drag across my life, across my world
While I waited for Life's purpose,
My Destiny, to unfold.

When I was forty, Time,
While still my friend, a miracle became
As I searched around my world
To find my Destiny, in time.

When I was sixty, Time,
My friend no more, taunted my resolve;
I wondered if my Destiny
Was but vanity, after all.

When I was eighty, Time,
My friend again, epiphany revealed:
The Search had been my purpose thus
My Destiny was fulfilled.

NUCLEAR WINTER

The sun comes up,
The sun goes down
But where I'm from
It turns to brown
Behind the ash,
Debris and grime.

The moon and stars
Shine every night
But where I'm from
They're out of sight
Behind the clouds
Of man-made gloom.

The living sky
Is now a void;
The world God made
Man has destroyed;
The sun still shines
But Man is dead!

TO TOM MacDONALD:

(Written to the memory of one of the special Scottish Gentlemen I've valued as dear friends for many years in California. This celestial scenario pictures Rabbie Burns greeting Tam at the Pearly Gates.)

Dear Tam, my Freen,

I'll hae ye ken

I'm unco glad tae meet ye.

I've heard ye singing ilka year

That "Starry" sang aboot me!

And even tho'

Your singin's no'

As famous as Caruso's

Ye mair than matched thon tenor wi'

Your passion, guts and gusto!

Dear Tam, my Jo,

I'll hae ye know

The kith and kin ye've left,

And, those wha ever met ye

Sair miss ye noo, bereaved, bereft

But never will forget ye!

<u>WHAT MAN BE LAITH?</u>

What man be laith the warld tae ken
That he frae Scottish Hielan's came?
That man ne'er trod on Scotia's ground;
That man is no' in exile found
Wha's Clan he'd spurn.

What man be laith the warld tae ken
That he frae Scottish Lallan's came?
That man could never earn respect
But sic a man I daur suspect
Was never born.

What man be laith the warld tae ken
That he frae Scottish Islaes came?
That man wad raither die o' shame
Than let onie reckless fool defame
His birthplace or his name.

What man be laith the warld tae ken
That he o' Scottish blood was born?
That man deserves but pity since
The warld at him will look askance
Wi' naught but scorn.

WEE BOY MEETS BIG BEETLE

Big black shiny beetles
With horns and things
Are not afraid of me;
I tripped on one
The other day
But he didn't care,
He just kept beetling
On his way
As if I wasn't there.

I picked him up
And shortly found
That if I turned
Him upside down
He'd spin around,
Around, around,
Until his feet
Regained the ground.

Soon off he went,
Once more intent
To wend his way
Come what may,
To where a beetle
Goes each day.

I sensed that he,
Though trusting me
Was eager to
His quest renew.

I liked him so
I let him go
But hoped he knew
He'd rarely find
A boy as kind
As me.......or YOU!

JEAN AND TAM

Wedded bliss for Jean and Tam
Was never meant tae be;
They argy-bargied a' the time
And fought fell bitterly.

Auld Tam tae me confided ance
Wi' juist a hint o' tears,
"Ian" said he: "That Jean an' me's
Been wed owre forty years.

I coorted her when in my teens,
The world lay at my feet;
I thought I only needed her
Tae make my life complete.

I married her tae gratify
The urgency of youth;
She married me tae get away
Fae'r Mither's naggin' mooth.

So listen lad and listen weel,
Ne'er wed a lass in haste;
These vows ye make, ye mauna break
And life's owre short tae waste."

MY MOTORBIKE

(A true Scottish romance)

Freens think I'm daft because I'd like
Tae buy anither motorbike,
Tae ride it up intae the hills
     Juist fast enough
Tae bring me back the simple thrills
     O' carefree youth.

My ain first bike, a vintage ane
I bought for only twelve pound ten
Then wondered why it cost that much
     When I found oot
I had tae buy a brand new clutch,
     Or dae withoot.

I had it fixed and fu' o' pride
I took my lassie for a ride:
We're haufwey up the road tae Nairn
When she yelled oot:
"I think ye've broke the big-end bear'n,
Ye daft galoot!"

Weel, how was I supposed tae know
The engine oil was getting low
When a' the wey she bent my ear
Wi' lassie talk
And makin' it gey hard tae hear
An engine knock?

"Ye'd better stop, ye've had it chum,
Ye'll blaw us baith tae Kingdom Come
I've had enough o' this machine
And you an a',
I wish I'd stuck tae trav'lin' in
Ma faither's caur."

"Aw, haud ye'r wheesht," tae her I said,
"Ye're welcome tae yon Standard Eight;
Ye wanted thrills and fresh air tae
So hae a heart,
Besides, tae stop wad guarantee
'Twad never start!"

So back we went wi' muckle clank,
If we got hame the Lord I'd thank:
We trundled fifty miles or mair
    Fell red o' face
At smairt remarks and scornfu' stares
    At oor slow pace.

At long, long last we reached her hame,
She loupet aff, still torn wi' shame;
Withoot ane word inside she ran,
    Her wrath tae nurse:
Tae plead wi' her would be in vain,
    Or even worse!

So on I went wi' gritted teeth
And at my close, wi' great relief
I ended that puir engine's woes:
    Its stricken sighs
Accompanied the shuddrin' throes
    O' its demise.

For owre a week I let it cool
Then worked at it wi' frenzied zeal:
I stripped it till there came exposed
    Tae my chagrin,
Exactly as she'd diagnosed:
    A seized big-end!

I found the pairts tae fit the shaft
But juist tae pry the auld anes aff
Demanded a' ma strength and guile
      And patience tae,
Plus special penetrating oil
      Tae ease the way!

Weel, finally it ran again,
Fair pleased was I tae get it gaun;
Afore I'd made a' these repairs
      I didnae ken
A flywheel frae a set o' gears
      Or roller bear'n.

I noo felt fairly confident
That lassie surely wad relent
And condescend tae make a date
      Wi' me again;
That her I wanted for a mate
      There's nae gainsay'n.

I took her oot that very night
And makin' up was sheer delight:
I promised I wad buy a ring
      And set the plans.
Said she: "There's juist ane ither thing
      Afore the Banns."

Whit this wad be I'd already guessed;
She looked relieved when I confessed:
"I hope ye'll no' be too upset
    Or faint wi' shock;
Tae buy your ring I'll have tae put
    My bike in hock!"

She said: "Aw, that's an awfy shame,
I'd hate tae think that I'm tae blame
For making you gie up your bike
    But cheer up Dear,
For we'll dae things I ken ye'll like
    A lot, lot mair!"

RABBIE'S DILEMMA, IN PROSPECT OF DEATH

Your love songs, poems and epic verse
My jaded moods dispel,
The Lord hae gien ye lofty pow'rs
As a' the warld kens well.

Your jabbets at the unco guid
Oft gar me hesitate
At times when I'd be faur too proud
O' words best left unsaid.

The Epitaphs and Toasts ye made,
Your language sae sincere;
Yet though I luve the words ye said
I'm perplexed at yon last prayer.

I'm puzzled at the thought that you
Though dying wad adjure:
"Dear Lord, I'll no' affront thee noo
By pleading for a cure."

"Naw, naw," ye said: "I'll tak my licks
Afore I'll promise thee
If gien back my health at a'
A better man I'll be."

Was this tae say that though ye kent
    Your life was a' but owre,
Ye'd raither be impenitent
    Than chance a broken vow?

These passions you could not suppress
    Almighty God foreknew;
You felt you should be blameless
    Since your "Author Formèd You".

Eventually you did admit
    Your sins were self-intended,
Then earnest pleas ye did submit,
    Nae doot highly recommended.

On this I daur tae postulate
    Your prayers were no' in vain;
The "Author" chose to demonstrate
    His mercy ance again.

Ye suffered pain near fifteen year
    Afore ye passed frae here
Yet in that span those lofty powers
    Juist blossomed a' the mair.

As tae your prayer I'll no' gainsay
    That I still worry constantly
How things panned oot eternally
    Between the Lord and thee.

A FAREWELL TOAST TAE JINTY AND GEORDIE.

(California Ex–Pats going back to Scotland)

We've heard that you're plannin' tae leave us,
Oh, wad that oor ears hae deceived us;
Did ye never consider it micht grieve us
   If ye juist gang awa?
So we're hopin' ye'll maybe forgive us
   For girnin' at' a'.

Ye're shair tae be missed by monie's a freen
Wha thocht sich a day wad never be seen
That Jinty wad never again come aroon
   Tae hae a wee blether
Or tell ye a joke while she's winkin' her een
   And giggle thegither.

Whiles Geordie's supply o' sly Teuchterisms
Alang wi' his topical sharp witticisms,
His droll and perpetually quaint humourisms
   We'll never replace;
Or when utterin' ineffable, weird Hielanisms
   wi' a smirk on his face.

Ye're leavin' us noo, it's a real cryin' shame,
This place will never, e'er be the same
But here's tae ye baith, tae your new Hielan' hame;
      Juist ken that we feel
Oor imminent loss is Auld Scotia's gain,

    SO FARE YE BAITH WEEL!

MY TRIUMPH

This story begins when my last car expired,
I must find a new one, my ardour was fired
      However impractical;
I want a fast roadster afore I'm retired,
      Male menopausistical?

Strangely enough, I discovered by chance
A foreign caur dealer surrounded by Yanks,
      Then couldnae believe that
A fly Scottish salesman, in Glesca parlance
      Growled: "Tak it or Leave it."

I bought a wee Triumph, a braw sporty caur,
Shaped like an arrow, a style I adore,
      An elegant sight;
A magical presence, charisma galore
      In virginal white.

Owercome by emotion, the caur buyer's curse
I was hustled awa' lest buyer remorse
      Began tae take hold:
The tale o' this Ex-Pat, for better or worse
      Was aboot tae unfold.

She drove like a dream, took corners with ease,
Alang the wide freeway 'twas riding the breeze
    On a high flying cloud
And this little car built with Brit expertise
    Made me feel awfy proud.

To feel very proud is a perilous state
For pride will precede, as a Prophet ance said:
    A dangerous fa',
But rapt in my dream like a man newly wed
    Pey'd nae heed at a'.

Till ane day last summer came an end tae the dream;
The engine's low murmur had turned to the scream
    O' somethin' demented:
She was spittin' and retchin' and spewin' oot steam,
    The honeymoon ended.

Machinin' the face o' the cylinder heid
Took a couple o' weeks and my hard earned breid
    And that's juist the start:
This is fair warning if ye still care tae read,
    It micht break your heart.

Near three weeks went by, she performed a'right
Till ane o' the heidlights blew oot late at night,
     The ither wad blink;
The front o' that caur looked like a frog might
     Whiles gi'en ye a wink.

The next thing tae go was the caur's alternator
Or maybe it juist was the wee regulator,
     The battery went deid:
That great Prince of Darkness, my woes perpetrator
     Lucas, was shakin' his heid.

So I fixed it again, it wisnae that bad,
Juist suffered skint knuckles, the loss o' some blood
     And pairt o' my sanity;
My previous fervour noo tainted wi' doubt
     Alang wi' my vanity.

I love it, I hate it, I love it again;
I drive it, I fix it, fair strainin' my brain,
     This thraw'n TR Seven:
Should I keep it or sell it or leave it alane?
     But I'm laith tae gi'e in.

When it's guid it's sae guid, remarkedly guid,
But will it keep gaun? I'll huve tae knock wid
    Or offer a prayer;
If it breaks doon again I'll bawl like a kid
    But it'll no' care.

I swear it's got brains, it kens whit it does
And I ken that it kens if it disnae desist
    I'll look like a chump;
But if it continues tae gie me the biz
    It's gaun tae the dump.

Mysteriously at times I'm rewarded
Enough tae persuade me tae drive it undaunted
    As lang as it's clean
For each time I've washed it, it's always responded
    Tae soothe my chagrin.

Although it could mean that my trust's on the wane
And why this should be I've made perfectly plain
    But I cannae help braggin'
For I'd never trade it though it drives me insane
    For a boring Volkswagen.

HAGGIS RULES!

PART THREE

On a typical Burns Night, after the toasts and speakers are done
the host will no doubt open up the proceedings for the jokers
and comedians to volunteer their party pieces.
These comical verses could help keep the fun going until
"Auld Lang Syne" brings the festivities to a rousing close.

POEMS

MY PAL
THE NEW MEENISTER
EILEEN
MIDDLE AGE
WHEN THE WIFIE'S AWA'!
A CADGER'S REVENGE!
THE TALE OF EFFEN DICK
BREAKING WIND!
CALLUM'S SECRET
THE HONEYMOONERS

MY PAL

I hae a pal, a gifted lad
Wha's humour never fails,
The star at every pairty
Wi' sangs and funny tales.

The lassies get romantic when
He plucks his big guitar;
The wey he moons and croons at them,
He's like a movie star.

He plucks it slow, he plucks it fast,
He plucks it loud and saft;
In fact, he plucks that thing sae much
I swear he's pluckin' daft!

THE NEW MEENISTER
(Based on an old Scottish anecdote)

'Twas Sunday Morn, the Kirk was fu',
Guid faim'lies filled up ev'ry pew;
As time drew nigh excitement grew
    Within the flock,
Especially for those members who
    Could see the clock.

When organ music filled the air
The choir conductor left his chair,
His baton waved wi' regal flair
    And dignity:
Twelve voices answered like a prayer
    In harmony.

In vestry room the Meenister
Was pacing up and doon the flaer
Whilst praying hard naught would impair
    His sermon to
The guidfolk gathered there tae share
    His grand debut.

Then a' at ance disaster struck,
His brand new wallie teeth got stuck;
A' he could say was "Clack an' Cluck!"
　　　　Catastrophe!
This had tae be the De'il's ain work:
　　　　Oh mercy me!

He pu'ed an' tugged wi' might an' main,
His face contorted wi' the strain
And a' but fainted fae the pain;
　　　　There's scarce a doot,
These molars made o' porcelain
　　　　Had taken root!

Soon panic took the luckless chiel,
His puggled heid began tae reel
As 'roon the room he staggered till
　　　　Miraculously,
By some weird force centrifugal
　　　　Yon teeth sprung free!

The Deacon tapped the door but ance,
The Parson sat there in a trance
Haud'n his face wi' tremblin' hauns,
　　　　Starin' at his teeth.
"Come in!" he moans: Auld Wull juist groans
　　　　In disbelief.

The puir man's plight was awfy plain
That efter a' yon earnest pray'n
His sermon's a' but doon the drain:
    How could this be?
His faith, his work, there's nae gainsay'n
    In Jeopardy.

Auld Deacon Wull, a forthright soul,
Aye sympathetic, sometimes droll
Said "Juist relax and calm yersel'
    Till I get back;
I ken a wey tae countervail
    This wee setback."

Wull got back in juist a minute
Haud'n a box wi' dentures in it:
"Try ane o' these, c'mon, I mean it,
Dinna dither!
We're runnin' late and weel ye ken it's
Noo or never!"

He tried a set and sure enough
It fitted him, juist like a glove:
"Oh, thank ye Wull, praise God above"
Rejoicèd he:
"Let's go," said Wull "There's souls tae save
Frae deviltry!"

The Sunday sermon was inspired,
The folk wi' Gospel zeal were fired
And left the kirk a' starry–eyed,
  A joyfu' band:
The Deacons happy they'd acquired
  Sae fine a man.

The Parson, flushed wi' his success,
Sought Deacon Wullie tae express
His gratitude and thankfulness:
  "Dear Wull" said he
"For sich guid work, the Lord will bless
  And prosper thee!"

Said Wull: "That's fine but don't you see
Your sermon's thanks enough for me?
And I'm juist gled that I could be
  O' help tae ane
Wha's still alive and certainly
  Ae healthy man."

"Sure, that I am" the Parson said
"And hope to be a lang time yet
But what you said I dinna get,
  And whaur's your freen'
The dentist, wham I've never met
  Or even seen?"

"Weel, I'll be blessed!" Auld Wull replied:
"Sma' wonder that ye're mystified,
These teeth I brocht were no' supplied
By onie denture maker."
Then chuckled he: "I'm Wull MacBride,
The village UNDERTAKER!"

EILEEN!

I met a lass sae winsome,
In love wi' her I fell;
Tae me she was quite perfect,
As faur as I could tell.

She said her name was Abbott,
Her given name Eileen:
"What's yours?" she asked me coyly:
I told her it was Ian.

'Twas then I noticed something
Which made me gie a grin:
"At what might you be smirkin?"
She asked wi' some chagrin.

"Dae you find them amusing?"
For at her legs I stared:
"I ken that ane is shorter but
Nae ither laddies cared!

Perhaps ye're too embarrassed
Tae take me on a date?
For if that's true, forget it Mac,
I'm no' that desperate!"

"Naw, Naw, Eileen" I answered her
And felt a bit ashamed;
"It's no' your leg at a', it's juist
How aptly you were named!"

MIDDLE AGE

My back is stiff and prone tae creak
When I get oot o' bed;
My knees baith click and sometimes squeak
When stairs I hae tae tread.

My hair's still there, I'm glad o' that
But wearin' awfy thin,
If this keeps up I'll need a hat
Tae haud ma bunnet on.

My breeks hae shrunk, my shirts feel ticht
And nip in awkward places;
My shoes hae vanished frae ma sicht
Nor can I reach the laces.

"Your teeth are fine but some need filled."
Is what my dentist said:
Tae fill up a' the holes he drilled
He had tae use a spade.

Yet unimportant efter a'
The crosses I must bear
For I ken folk wha truly hae
The right tae wail faur mair.

Juist thankfu' that I've reached this stage,
Tae savour it is my intent
But what we ca' oor middle age
I'd like tae mak mair permanent!

<u>WHEN THE WIFIE'S AWA!</u>

Is your chicken finger-lickin'?
Are ye'r bangers silence stricken?
Are ye'r flimsy paper platters
Wearin' icky sticky splatters
Suff'rin' microwave cremation
Frae severe irradiation?

Mince and totties constitute
A meal ye'll huve tae dae withoot
For they maun be slowly cooked
And will no' abide bein' nuked!

Och Aye, Och Aye! I wish ye luck,
Juist gled it's you, no' me that's stuck
Wi' scrapin' up yon greasy yuck,
Disnae hoosework really suck?

I'm weel aware whit's up above'll
Sound a lot like feckless drivel
Till ye realise that we had fun
While a' these chores o' yours got done:
So sit doon noo, we'll baith relax
Wi' Johnnie Walker's finest Scotch!

A CADGER'S REVENGE!

Hey, ye auld tramp, gang awa', gang awa'!
Dinnae pester these folk wi' yer tinnie;
Hey, ye wee pluke, get awa' fae the door
Or I'll hae ye sent doon tae Barlinnie!

Hey, ye wee scamp, get awa', stey awa'!
Ye're a hobo, a midden, a cadger;
Hey, ye wee runt, get awa' fae ma pub
Or I'll gie ye a dunt wi' ma podger!

Ach! wait juist a meenit, a keelie back here
Says ye're great on the wee penny whustle,
So gie us a tune an' I'll let ye come in
And gie ye a tuppenny guzzle!

Surprised a wee bit, the auld yin went oot
And got ready tae play on his flute:
A crowd gethered soon, aroon the auld coot
Askin', "whit's this ado a' aboot?"

The wee fella kent yon bevvied brigade
Wad want tae hear something tae tell
O' whaur they had been or wanted tae be
So he started wi' ane they kent well.

It didnae tak much tae get them a' gaun
Singin' "Glesca Belangs Tae Me" then
Up tae a rousin' "Scotland The Brave"
Wi' a bunch o' requests in between.

At ev'ry request his tinnie was blest
Wi' coin o' silver and copper
And the publican guessed the former auld pest
Could help replete his till hopper.

"Come in, ma wee freen, Ye've guid cause tae craw
Consid'rin' the crowd that ye drew;
Come awa' in the noo, ye'r fan club an a',
Ye'll be ready for buckets o' brew!"

"Juist haud on a bit" the auld yin replied:
"I hae mind o' your filthy-moothed snub
When swearin' ye'd never could ever abide
The idea o' me in your pub.

So I'll gang awa' noo and leave ye tae stew
On ye'r need tae improve ye'r bad manners
And go tae a pub mair freendly than yours
Whaur I'll spend a' my shullins and tanners!"

THE TALE OF EFFEN DICK

Not long ago the papers ran
A local expose
Regarding what was going on
In Effen town today.

Now Effen is a rural type
Of township; that's quite so,
But close enough to Glasgow
To house that city's overflow.

But there's anither story
Aboot this Effen toon
That Effen folks keep secret
Tae stop it spreadin' roon.

If ye promise no' tae gossip
And let their secret oot,
I'll tell ye o' the Effen chiel
This story's a' aboot.

His name was Dick, a country lad
Wha grew up milkin' coos
And got his youthfu' jollies
Watching rams make love tae ewes.

Cam time that Dick grew auld enough
Tae exercise his fancies
O' lumburin' an Effen lass
At Effen ceilidh dances.

Alas! Alas! Puir Dick soon found
He wisnae quite their type,
They scunnert at his barnyard reek,
Sae ower honkin ripe.

So sadly Dick went on his way
But then began tae think:
These Effen sheep hae plenty fun
And LOVE my grungy stink.

The details o' Dick's woolly tryst
I maun wad spare ye noo,
Suffice tae say The Effen Times
Reported it in fu'.

But if ye really want tae ken
And pledge tae haud ye'r wheesht,
The Effen Times might let ye view
Their Effen microfiche.

BREAKING WIND!

Got an invite tae go
Tae a high class event
So invested some dough
On claes I could rent.

I got myself ready,
Even shampoo'ed ma hair
And asked ma wee steady
Tae go wi' me there.

"It sounds very grand
But I have tae refuse
'Cos I'm nae big fan
O' these fundraisin' do's!"

So I went by mysel,
Was shown tae ma seat
And looked roon a spell
Afore startin' tae eat.

The gentry were here,
A' flauntin' their finery
On the uppermaist tier
O' this swanky big dinery.

A' strivin' tae get
Undivided attention
Tae make shair they got
A social page mention.

In this fancy setup
The starters came first;
Then salad and thick soup
I juist couldnae resist.

Fair brimmin' wi' stock
Ma spoon didnae work;
So folk wadnae gawk
I switched tae ma fork!

They next served up fish,
Sole boiled in milk;
A favourite dish
O' Scots and their ilk.

Then came the steak pie
Wi' liver and kidney;
Mashed totties piled high,
Juist swimmin' in gravy.

A side plate appears:
Mushy peas and baked beans
Plus a choice of fine beers
Tae wash it a' doon.

Tae tap a' this aff
Came strawberry pie,
Siller coffee caraffe
And ice cream forbye.

I hadnae foreseen
How much I'd be eatin':
This sumptuous cuisine
I'll ne'er be repeatin'.

Unloosin' ma belt
I settled right doon,
Ma belly noo swelt
Like a barrage balloon.

The speaker was late,
A politico snub;
But the longer we'd wait
Meant a' the mair grub.

When he finally arrived
The gentry applauded
Though they kent that yin skived
Whilst honest folk plodded.

The speaker arose
His spiel tae emote,
Folks started tae doze
Or continued tae eat.

He persuaded a few
Tae pairt wi' some money
But the rest of us knew
His cause was a phony.

Comin' doon frae the dais
Tae mix wi' the folk
He'd lavish wi' praise,
Their support tae invoke.

He canvassed each aisle
Wi' meaningless quotes
But his vacuous style
Failed tae win any votes.

Reachin' me he juist stood;
Ma craw looped the loop
Whilst I felt a' that food
Begin tae regroup.

Right then he decided
He'd need mair applause
So while there beside me
He milked a lang pause.

The hale ha' was silent
Whiles I'd squirm and squeeze
Tae stall inadvertent
Gas driven release.

Weel, I let go at last,
Juist couldnae restrain
The extensive repast
That was gurglin' again.

I emitted a blast,
Quite possibly methane
But efter it passed
I felt hungry again.

My belch had imparted
Alarm in the folk
Wha promptly noo started
Tae gag and tae boak.

The speaker's eyes flashed,
His wrath evident,
Decidedly fash't
At this ruined event.

That bugger ca'ed me
A disgusting pariah
Shair destined tae be
Ae Persona Non Grata.

EPILOGUE to BREAKING WIND!

A' through that lang poem
Ye'r patience I've tested
Aboot food I'd crammed doon
But no' quite digested.

Ye likely presumed
Haufwey frae the start
That the grub I'd consumed
Wad sire a great fart.

If you tak exception
Tae time ye deem wasted
I'll explain my deception,
If ye're still interested:

I'll wrap up this spiel
Wi' a mair diplomatic
But urgent appeal
Tae heed changes climatic.

A FART LEFT UNCHECKED
WITHOUT PROPER WARNING
PERHAPS COULD EFFECT
YET MORE GLOBAL WARMING!

CALLUM'S SECRET

That Callum's a guid man
There's nae doot at a',
If ye've need o' a poun'
He'll offer ye twa.

And if ye've a drouth
But huvnae a brew
He'll ply ye wi' drinks
Until ye get fou!

If plastered ye get
He'll tak a' the blame
And arrange for his wife
Tae motor ye hame.

But listen tae me,
I've only found oot
That that Hielan' chiel
Is gung-ho tae shoot.

He'll shoot at cley skeet
Or even tin cans
And that's fine wi' me
If that's whaur it ends.

But he loves tae hide
In a blind he'll construct
Then inside he'll bide
JUIST TAE MURDER A DUCK!

THE HONEYMOONERS

The waddin' guests had a' gaun hame,
Noo Lizzie practiced her new name
As if she wanted tae proclaim
        The title Missus;
Then add tae that her new surname
        Tae flaunt her status.

Whilst takin' aff oor waddin' claes
In oor secret nuptial place
She shyly asked me tae unlace
        Her waddin' dress
So she'd possess mair breathin' space:
        I whooped: "Success!"

'Cos dae'n that got me excited,
Frankly I was quite delighted
Thinkin' that she had invited
        Me tae start things aff;
But naw! The spark that she'd ignited
        Juist made her laugh.

"Ye'll bide ye'r time" tae me she said:
"I'm no' aboot tae gang tae bed,
 I want that book I've never read,
        The ane ye brought,
 The ane that was prohibited,
        The Hindus wrote."

 Weel, faur for me tae getting fash't,
 Ma hopes as yet had no' been dashed
 Ev'n though ma plans had a' but crashed
        But truthfully,
 Though tempted noo tae gettin' smashed,
        I let it be.

 She skimmed right through that book sae fast
 Like some speed read'n enthusiast,
 Eyebrows loupin', starin', aghast,
        Yet fell a-dither
 At a' these nudes and a' these weys
        Tae come thegither!

 We finally got intae bed,
 Whit happened then, for noo, 'nuff said:
 Next morn I thocht I'd go ahead
        And ask her why
 She wadnae try whit she had read:
        She'd nae reply.

Syne, we got dressed and breakfasted;
Liz, sae quiet, contributed
Naethin' that a dunderheid
  Like me could use
Tae mend whitever I had said
  And call a truce.

"Liz," I said: "I'm curious Hen,
 Why you'd get moody even when
I'm only askin' your consent
  Tae pleasure Ye;
Ye'r silence seems like ye'r intent's
  Tae punish me!"

"Aw, dinnae fash yersel" she sniffed,
 Reachin' for her handkerchief:
"I'm no' at a' the least bit miffed,
  I'm juist sae gled
I'll never huve tae seek relief
  Like Kammie Souter did."

I took that as a compliment
Though puzzlin' me tae some extent;
On askin' her juist whit she meant
  Cried she: "Ye maun be kiddin',
That book, for ye'r enlightenment's
  Noo buried in the midden!

Mastering the
Great Highland Bagpipes!

IAN MYERS

BIOGRAPHY

Born and raised in The Royal Burgh of Renfrew, Scotland; survived WW2 Luftwaffe bombings, Scottish Education and shipyard apprenticeship in that order.

Travelled extensively in Canada and the U.S.A. with his wife Doreen, sons Steve and Ken, eventually retiring to the Sierra Foothills of California.

Became almost famous as a jazz musician, artist and inventor.

Currently concentrating on writing poetry chiefly in the Scottish/Clydeside dialect.

SOME COMMENTS ON "HAGGIS RULES!

"Wow! I enjoyed this book – it is so funny and interesting."
(Christy Laden, Las Vegas, NV.)

"A brilliant wee collection – funny, uplifting, skillfully
written and infused with heartfelt patriotism."
(Lorna Wallace, Glasgow, Scotland.)

"Thoroughly enjoyed this book. It sure took me back tae a' the auld sayings and
history of oor wee toon Renfrew on the Clyde."
(Wilma Colquhoun, Calgary, Alberta.)

"I've read right through 'Haggis' and really enjoyed every poem."
(Cathie Dickson, Glasgow, Scotland.)

"As a Scots-Canadian and also a Bagpiper, I found this book of poems funny, witty
and brilliantly written. I plan on reading some out at our next Burns Night."
(Craig Buchanan, BC, Canada.)

"A memorable collection of Scottish words in humorous verse.
A wurthie wee keepie!"
(David Baxter, San Jose, CA)

"Haggis Rules takes me back to my days in the Boys' Brigade when, aged about 17 or
18, I piped in the haggis for the 1st. Renfrew Company's Burns Supper."
(Forrest Wilson (Ayr, Burns Country), Scotland.)

Made in the USA
Columbia, SC
19 December 2020